AF423690

السياسة اليابانية تجاه الشرق الأوسط

البحث عن دور فاعل عبر الموازنة بين المصالح الوطنية والاعتبارات الأمريكية

محمد أبو غزله

اتجاهات استراتيجية (8)

سبتمبر 2021

الطبعة الأولى 2021

Order No: MC-02-01-1350018

ISBN: 978-9948-846-48-2

@ مركز تريندز للبحوث والاستشارات
http://trendsresearch.org

نبذة عن
مركز تريندز للبحوث والاستشارات

يُعد مركز «تريندز للبحوث والاستشارات» مؤسسة بحثية مستقلة، تأسس عام 2014، ويهتم باستشراف المستقبل في جوانبه الاستراتيجية والسياسية والاقتصادية، وتتبع القضايا العالمية المختلفة. كما يهدف المركز إلى تحليل الفرص والتحديات على مختلف الصُّعُد الجيوسياسية الراهنة، وما تحمله من متغيرات محتملة، مع محاولة إيجاد إجابات وتفسيرات علمية وموضوعية من شأنها المساهمة في التأثير في اتجاهات الأحداث مع مراعاة نواحي التحليل والنقد والاستشراف.

ويقدّم المركز، من أجل تحقيق غاياته العلمية، دراسات رصينة ذات أبعاد استشرافية مستقبلية، ويطرح أفضل البدائل الممكنة لمساعدة صنّاع القرار في معرفة التطورات الإقليمية والدولية بشكل أعمق، والاستفادة مما توفره من فرص. كما يقوم المركز برصد الاتجاهات والتغييرات الاستراتيجية والاقتصادية والإقليمية والدولية، والتنبؤ بآثارها المستقبلية، وذلك وفق الضوابط العلمية المتعارف عليها دولياً لدى أعرق مراكز التفكير والبحث العلمي.

<table>
<tr><th>الصفحة</th><th>المحتويات</th></tr>
</table>

ملخص تنفيذي

شهدت السياسة الخارجية اليابانية تجاه الشرق الأوسط، خاصة خلال العقد الأخير تطورات مهمة؛ حيث سعت طوكيو إلى زيادة انخراطها في المنطقة بشكل ملحوظ. وتهدف هذه الورقة إلى مناقشة العوامل التي تدفع اليابان نحو الانخراط أكثر في الشرق الأوسط وتعزيز علاقاتها مع دول المنطقة، بشكل أكثر استقلالية عن الولايات المتحدة، حيث تدفع العديد من التطورات والمستجدات باتجاه سياسة يابانية أكثر فاعلية، ولاسيما في ظل القلق بشأن متانة التزامات الولايات المتحدة التحالفية، وخاصة مع التراجع الملحوظ عن انخراطها في الشرق الأوسط ومناطق أخرى من العالم، وتزايد نفوذ الصين، الغريم التقليدي لليابان، والتي تحولت من منافس إقليمي إلى منافس، وربما غريم، عالمي.

ورغم أن الاقتصاد، وخاصة عنصر الطاقة منه، يعد تاريخياً - وبالطبع لايزال - العامل الأكثر تحديداً لسياسة اليابان تجاه الشرق الأوسط، فإن طوكيو تتجه، في سياق البحث عن دور أكثر فاعلية على الساحة الدولية، إلى تنويع علاقاتها مع دول المنطقة في مختلف المجالات، وتعمل على تعزيز شراكاتها الاستراتيجية خاصة مع القوى الإقليمية الرئيسية، إضافة إلى زيادة انخراطها الدبلوماسي كوسيط في النزاعات الإقليمية، واستعدادها للمشاركة في تحمل الأعباء الأمنية، وذلك بما ينسجم مع رؤيتها أو استراتيجيتها الكبرى الرامية إلى تكريس وتعزيز نظام عالمي متعدد الأطراف، ومواجهة النفوذ الصيني في المنطقة.

ولكن طريق اليابان نحو سياسة أكثر فاعلية ومستقلة عن الولايات المتحدة لن يكون سهلاً؛ حيث يتوجب عليها الموازنة بين متطلبات السياسة من جهة وبين المصالح الاقتصادية والتجارية من جهة أخرى. ورغم أن هذا يشكل تحدياً كبيراً لليابان، ليس فقط بحكم علاقات الاعتماد المتبادل الضخمة مع الولايات المتحدة، ولكن بسبب التعقيدات التي تنطوي عليها الملفات الإقليمية أيضاً، سواء المتعلقة بالملف النووي الإيراني، أو غيرها من الأزمات والصراعات القائمة الأخرى، والتي تتطلب من طوكيو حساب خطواتها في هذا الإطار بدقة كبيرة.

مقدمة

شهدت سياسة اليابان تجاه الشرق الأوسط خلال العقدين الماضيين تطورات مهمة، حيث سعت طوكيو تدريجياً لزيادة انخراطها في المنطقة بشكل متزايد، خاصة بعد أحداث الحادي عشر من سبتمبر 2001، ولكن هذا الانخراط بقي دائماً في إطار التحالف والتنسيق مع الولايات المتحدة. ومع ذلك، بدأت اليابان منذ عقد من الزمن تقريباً تخط لنفسها طريقاً أكثر استقلالية إلى حد ما عن حليفتها الأولى واشنطن.

ولاشك في أن هناك مستجدات تدفع باتجاه سياسة يابانية أكثر فاعلية في المنطقة؛ فبرغم سعي إدارة الرئيس الأمريكي جو بايدن لإعادة العلاقات مع الحلفاء إلى طبيعتها وترميم ما أفسدته الإدارة السابقة، لايزال هناك قلق حول التزامات واشنطن التحالفية، خاصة في ظل سياستها الرامية لخفض وجودها العسكري في عدد من مناطق العالم، ومنها الشرق الأوسط، الذي تتزايد المؤشرات الواقعية عليه، حيث بدأت واشنطن بسحب أنظمة دفاع جوي، من بينها نظام «باتريوت» المتطور، من عدة بلدان في الشرق الأوسط[1]، كما ستنهي مهامها القتالية في العراق مع نهاية عام 2021.

كما أن هناك عاملاً مهماً آخر بدأ يأخذ أبعاداً استراتيجية، وهو الصعود السريع للصين التي تعد الغريم التقليدي لليابان في منطقة شرق آسيا بشكل خاص، وفي آسيا والمحيط الهادي عموماً، وقد أصبحت اليوم منافساً عالمياً. هذا فضلاً عن وجود مطالب داخل اليابان منذ سنوات بضرورة القيام بدور أكبر في الساحة الدولية ينسجم وقوتها الاقتصادية، ودورها كمانح رئيسي في العالم، وبما يسهم في حماية مصالحها وتعزيز قوتها التنافسية دون الاعتماد على الآخرين.

تهدف هذه الورقة إلى مناقشة العوامل التي تدفع اليابان إلى الانخراط أكثر في الشرق الأوسط وتعزيز علاقاتها مع دول المنطقة، بشكل أكثر استقلالية عن حليفتها الأولى، الولايات المتحدة، وكيف تعمل طوكيو على تنويع علاقاتها مع القوى الإقليمية في المنطقة لتتجاوز مسألة الطاقة أو الاقتصاد عموماً، وتشمل أيضاً التعاون في مجالات حيوية استراتيجية، ومنها الأمنية وربما العسكرية في مراحل متقدمة.

---

1. The Wall Street Journal, U.S. Military to Withdraw Hundreds of Troops, Aircraft, Antimissile Batteries from Middle East, 18 June 2021: https://on.wsj.com/36mTR9z

الإطار النظري

السياسـة الخارجيـة لأي دولـة غالبـاً مـا تكـون نتاجـاً لتفاعـل عـدد مـن العوامـل الداخليـة والخارجيـة، التـي تشـكل فـي الواقـع دوافـع وأحيانـاً تكـون محـددات لهـذه السياسـة. داخليـاً، تتأثـر السياسـة الخارجيـة بعوامـل مختلفـة، منهـا علـى سـبيل المثـال لا الحصـر، طبيعـة الحكومـة وتوجهاتهـا، والقـدرات الوطنيـة، ومـدى التقـدم الصناعـي والاقتصـادي، والتركيـز الـذي قـد ينصـب أحيانـاً علـى جماعـات المصالـح والبيروقراطيـة السياسـية، ويمتـد ليشـمل أيضـاً عوامـل أخـرى؛ مثـل توزيـع السـلطات، والعلاقـة بـين الدولـة والمجتمـع، وقـوة الدولـة نفسـها[2].

أمـا خارجيـاً، فيلعـب هيـكل النظـام الـدولي (أحـادي، ثنائـي، متعـدد) وطبيعـة توزيـع القـوة بـين الفواعـل الرئيسـية داخلـه دوراً مهمـاً فـي سـلوك الـدول الخارجـي. ويمـر النظـام الحالـي منـذ انتهـاء الحـرب البـاردة بمرحلـة مخـاض، ولكـن هنـاك إلى جانـب الولايـات المتحـدة - التـي لا تـزال تعـد القـوة العظمـى الوحيـدة فـي العالـم - دولاً صاعـدة كالصـين والاتحـاد الأوروبـي واليابـان بالإضافـة إلى روسـيا، ويُتوقـع أن يكـون لهـا أو علـى الأقـل تسـعى لـدور أكبـر فـي النظـام الـدولي الـذي يبـدو أنـه حتـى الآن، مـع عـدم تبلـور صـورة تقريبيـة لـه، أقـرب إلى «اللاقطبيـة» منـه إلى أشـكاله الثلاثـة الأخـرى المعروفـة.

كمـا تلعـب التفاعـلات الثنائيـة أو الجماعيـة، بمـا فيهـا التحالفـات الأمنيـة والتبـادلات التجاريـة والاتفاقيـات الثنائيـة فـي المجـالات المختلفـة دوراً مهمـاً فـي سياسـة الـدول الخارجيـة، حيـث تسـعى الـدول مـن خلالهـا إلى تعزيـز التعـاون بينهـا، تحقيقـاً للأهـداف والمصالـح المشـتركة. وتكتسـب هـذه التفاعـلات أهميـة خاصـة، حيـث ينتـج عنهـا غالبـاً أنمـاط تؤثـر فـي السـلوك الخارجـي للـدول المتفاعلـة، وتسـاعد فـي الوقـت نفسـه علـى إيجـاد إطـار لحـل الخلافـات البينيـة بطـرق وديـة.

الإشكالية والهدف

تتمحـور الإشـكالية الرئيسـية التـي تتعامـل معهـا هـذا الورقـة حـول مـدى قـدرة اليابـان علـى القيـام بـدور أكثـر فاعليـة فـي الشـرق الأوسـط، بينمـا تحافـظ علـى التـوازن بـين السياسـة والاقتصاد

---

2.   Peter A. Gourevitch, "Squaring the Circle: The Domestic Sources of International Cooperation," International Organization, Vol. 50, No. 2, Spring 1996, pp. 349-373.

عموماً، ولاسيما قدرتها على الموازنة بين المصالح الوطنية وأفضليات واعتبارات السياسة الأمريكية في المنطقة والتي قد تؤثر أو حتى تتناقض أحياناً مع المصالح اليابانية.

وفي هذا الإطار، ستناقش هذه الورقة العوامل المؤثرة في توجهات اليابان الحالية تجاه منطقة الشرق الأوسط، والتي ربما تسهم في دفعها للانخراط بشكل أكبر في المنطقة، وباستقلالية - إلى حد ما - عن الولايات المتحدة، حيث تدعو - على المستوى الوطني الداخلي - قوى سياسة مؤثرة مثل الحزب الليبرالي الديمقراطي[3]، إلى تعزيز الحضور في الساحة الدولية بشكل يخدم المصالح القومية لليابان وينسجم مع قوتها الاقتصادية.

أما على المستوى الدولي فهناك العامل الأمريكي الذي يعد أهم محدد في سياسة اليابان الخارجية، سواء في منطقة الشرق الأوسط أو أي مناطق أخرى مهمة، بما فيها مجالها الحيوي، وهو شرق آسيا. وأما العامل الآخر الذي تتزايد أهميته فهو صعود الصين كمنافس دولي في مناطق مختلفة من بينها، بل وربما أهمها، الشرق الأوسط، حيث لم تعد مجرد غريم إقليمي، ولكنها تخطو بثبات نحو مواقع السيطرة العالمية؛ ما سيثير جملة من التحديات للمصالح اليابانية.

أما العوامل الخاصة بالتفاعلات الثنائية، فهناك تنامٍ واضح في المصالح بين اليابان ودول المنطقة، وخاصة المصالح الرئيسية، وبناء شراكات، وتزايد في الاعتماد المتبادل بينها في مجالات عدة تتجاوز مسألة النفط أو الطاقة التي تعتمد اليابان بشكل رئيسي على دول المنطقة لتوفير احتياجاتها منهما؛ لتشمل قطاعات حيوية بل ومصالح أمنية واستراتيجية.

خلفية تاريخية

لم يكن لليابان تاريخ حتى الخمسينات من القرن الماضي، ولا علاقات تذكر مع منطقة الشرق الأوسط، باستثناء بعض الزيارات المحدودة جداً؛ وذلك ربما يعود إلى حد ما إلى البعد الجغرافي، وما يتعلق به من عدم وجود ماضٍ استعماري لها في المنطقة، خلافاً للدول الأوروبية التي كانت تنازعها السياسات الاستعمارية في شرق وجنوب شرق آسيا، فضلاً عن حدود قوة اليابان العالمية.

ولكن الأمر تغير كلياً بعد الحرب العالمية الثانية، حيث سعت اليابان «المدمَّرة» إلى تطوير علاقاتها مع العديد من دول ومناطق العالم، ومن بينها منطقة الشرق الأوسط؛ لأسباب

---

3.   اليابان بالعربي، آبي عازم على تعديل المادة التاسعة من الدستور الياباني، 26 مارس 2018: https://bit.ly/3y5W45B

اقتصاديـة صرفـة، وقـد نجحـت في بنـاء علاقـات قويـة عـبر المنطقـة، وأصبحت شريكاً تجارياً رئيسياً للعديـد مـن دولهـا. ومـع ذلـك بقيـت المشـاركة أو الانخـراط الدبلومـاسي اليابـاني خـلال الحـرب البـاردة متواضعـاً نسـبياً، حيث حافظت عـلى مكانة منخفضة وقامت ببنـاء علاقاتها بهدوء مـع كبـار مصـدري النفـط في المنطقـة، دون أن تسـعى للعـب دور رئيـسي في الأمـن الإقليمـي، خشـية أن يؤثـر ذلـك في تدفـق النفط الحيوي جداً لاقتصادهـا ورفاهيتها، وفضلت بـدلاً مـن ذلـك القيام بـما يمكـن تسـميته دور «المُيَسِّـر» لحـل النزاعـات المتعـددة الأطـراف، فضـلاً عـن دورهـا الرئيـسي في المسـاعدات التنمويـة والإنسـانية. ولكـن حـرب الخليـج الأولى عـام 1991 شكلت لحظـة فاصلـة، ليـس فقـط لسياسـات اليابـان في الشـرق الأوسـط، وإنمـا لسياسـاتها الخارجيـة والأمنيـة بشـكل عـام أيضـاً، فبرغـم مشـاركة اليابـان السـخية في عاصفة الصحراء التـي حـررت الكويت، فقـد كان القادة اليابانيـون مسـتائين مـن عـدم الإشـارة أو الاعـتراف بالـدور الـذي لعبتـه اليابـان في تحريـر الكويـت. ويبـدو أن ذلـك تـرك أثـره عـلى التفكيـر اليابـاني؛ ففـي أعقـاب الحـادي عشـر مـن سـبتمبر 2001، شـاركت اليابـان بنشـاط في الحـرب التـي قادتهـا الولايـات المتحـدة في أفغانسـتان، وبالطبـع كانـت مشـاركتها في تلـك الحـرب بـأدوار غـير قتاليـة، كـما نشـرت قـوات الدفـاع الـذاتي في العـراق، وقـد بـدا أن اليابـان مهتمـة أكـثر بمواءمـة نفسـها بشـكل وثيـق مـع التفضيـلات الأمنيـة لواشـنطن في المنطقـة، بينـما بـدأت تنظـر بشـكل أكـثر جديـة في تبنـي سياسـات أكـثر اسـتقلالية عنهـا[4].

أولاً: العوامل التي تدفع اليابان للانخراط أكثر بالمنطقة

هنـاك عوامـل عـدة تحـدد السياسـة الخارجيـة لليابـان تجـاه الشـرق الأوسـط وتلعـب دوراً أساسـياً في دفعهـا لمزيـد مـن الانخـراط في المنطقـة. ولطالمـا كان خـوف اليابـان مـن أن تُحسَـب لصالـح طـرف عـلى آخـر في الصـراع العـربي-الإسرائيـلي أحـد أهـم المحـددات التـي جعلـت اليابـان محجمـة عـن أي انخـراط سـياسي في المنطقـة، وهنـاك أيضـاً القيـود الدسـتورية، حيـث تحـرّم المـادة التاسـعة مـن الدسـتور اليابـاني الدخـول في حـروب أو إرسـال قـوات مسـلحة خـارج حـدود اليابـان[5]، فضـلاً عـن ظـروف الصـراع الـدولي آنـذاك بـين الغـرب والشـرق والتـي فرضـت حسـابات معقـدة بالنسـبة لليابـان وغيرهـا مـن الـدول التـي كانـت تـدور في فلـك الولايـات المتحـدة، ولكـن هـذه العوامـل

---

4. لمزيـد مـن التفاصيـل عـن عوامـل التغـير في المنظـور اليابـاني للمنطقـة، انظـر: محمـد أبـو غزلـه، السياسـة الخارجيـة اليابانيـة تجـاه الشـرق الأوسـط.. المحـددات والدوافـع، السياسـة الدوليـة، العـدد 174، أكتوبـر 2008، ص 18-29.

5. الدسـتور اليابـاني 1946: https://bit.ly/2WjHtWn

نفسها وما طرأ عليها من تطورات أصبحت - في المقابل - عوامل تغيير في توجه اليابان نحو المنطقة، حيث بدا كثير من الساسة اليابانيين أقوى رغبة أو بالأحرى أشد حاجة إلى الانخراط في الشرق الأوسط، وخاصة بعد حظر النفط إبان حرب أكتوبر 1973، والثورة الإيرانية 1979، بالإضافة إلى حالة الوفاق الدولي في السبعينيات بين الولايات المتحدة والاتحاد السوفيتي، فضلاً عن ظهور بوادر للتنافس بين الحلفاء في المجال الاقتصادي.

ومع ذلك كله، بقي الانخراط السياسي الياباني في المنطقة حتى بعد انتهاء الحرب الباردة ضعيفاً نسبياً، ولا يتوافق مع قوتها الاقتصادية وحجم مصالحها المتنامية في المنطقة، حيث بقيت تحركاتها محددة، وربما كان الاستثناء في انخراطها بفاعلية أكبر في عملية السلام بين العرب وإسرائيل، وخاصة في المفاوضات المتعددة الأطراف التي انبثقت عن مؤتمر مدريد للسلام عام 1991، حيث شاركت اليابان في أربع من أصل خمس مجموعات عمل، وشاركت في لجنة الأمن الإقليمي، وترأست أو عملت نائباً لرئيس عدد من اللجان، من بينها البيئة والتنمية الاقتصادية لموارد المياه واللاجئين[6].

وفيما يلي أهم المحددات (الثابتة) والمستجدة في السياسة اليابانية تجاه الشرق الأوسط:

1. المصالح الاقتصادية

يمثل الاقتصاد العامل الثابت بل والأقوى الذي يحرك السياسة اليابانية تجاه الشرق الأوسط. ولطالما كان هذا العامل من أهم محددات سياسة اليابان أو علاقاتها مع دول المنطقة، كما هو كذلك مع دول العالم الأخرى أيضاً، حيث كانت - ولاتزال - موارد الطاقة الهائلة التي تحتويها أمراً حيويًا لنمو الاقتصاد الياباني ومن ثم ازدهار الشعب الياباني.

ولكن الطاقة بالطبع ليست هي العامل الوحيد؛ فقد توسعت علاقات اليابان مع دول الشرق الأوسط في السنوات الأخيرة، وأصبحت أكثر تنويعاً، حيث استفادت اليابان من تقدمها الهائل وخبرتها الصناعية والتكنولوجية الضخمة في ترسيخ مكانتها كشريك اقتصادي رئيسي للقوى الإقليمية الكبرى، مثل المملكة العربية السعودية ودولة الإمارات العربية المتحدة ودولة قطر على المستوى العربي، وشركاء رئيسيين آخرين، مثل تركيا وإيران (قبل العقوبات)، على المستوى الإقليمي. ومن ثم، فإن اليابان لم تعد مجرد سوق رئيسية

---

6. نصرة عبدالله البستكي، اليابان والخليج: استراتيجية العلاقات والمشروع النهضوي، بيروت المؤسسة العربية للدراسات والنشر، 2004، ص 107.

لصـادرات الطاقـة مـن المنطقـة، بـل أصبحـت أيضـاً شريكاً اسـتراتيجياً مهمـاً للعديـد مـن دولهـا في عـدد مـن القطاعـات الحيويـة.

2. التحالف مع الولايات المتحدة

يمثـل التحالـف (الرسـمي) [7] اليابـاني - الأمريكـي حجـر الزاويـة في علاقـات اليابـان الخارجيـة ليـس فقـط في شرق آسـيا أو منطقـة المحيـط الهـادي (آسـيا باسـيفيك)، ولكـن أيضـاً في اسـتراتيجية الأمـن القومـي لليابـان عمومـاً، بمـا في ذلـك انخراطهـا في الشـرق الأوسـط، رغـم التوجـه اليابـاني العـام إلى اتبـاع سياسـة أكثر اسـتقلالية عـن الولايـات المتحـدة؛ ولهـذا فـإن العلاقـة مـع الولايـات المتحـدة تعـد محـدداً مهمـاً في سياسـات اليابـان الخارجيـة عمومـاً.

وفي عـام 2008 تقاربـت اليابـان مـع سياسـة الولايـات المتحـدة في المنطقـة بشـكل أكثر وضوحـاً، وخاصـة مـع نشـرها لقـوات الدفـاع الـذاتي للمسـاعدة في عمليـات التـزود بالوقـود في حـرب أفغانسـتان وعمليـات إعـادة الإعـمار في العـراق. ومـع ذلـك، فقـد بقيـت اليابـان متـرددة في هـذا المنحنـى، حيـث كانـت لا تريـد أن يُنظـر إليهـا عـلى أنهـا تشـارك خارجيـاً في العمليـات العسـكرية الأمريكيـة في الشـرق الأوسـط؛ ولهـذا فقـد شرعـت في عـام 2012 في تحديـد مسـار أكثر اسـتقلالية عـن واشـنطن، وذلـك بهـدف تحقيـق مصالحهـا وتعزيـز دورهـا عـلى السـاحة الدوليـة، بعيـداً عـن السياسـات الأمريكيـة التـي طالمـا كانـت مثـار جـدل في المنطقـة. ومـع ذلـك لم يكـن هنـاك خطـوات عمليـة كبـيرة في هـذا الاتجـاه، حتـى وقعـت التطـورات المهمـة في الخليـج العـربي عندمـا تعرضـت السـفن التجاريـة للاعتـداء والتخريـب خـلال السـنوات الأخـيرة؛ فوجـدت اليابـان نفسـها أمـام خيـارات صعبـة، بمـا فيهـا تبنـي مواقـف مسـتقلة عـن حليفتهـا الولايـات المتحـدة، ومـن أبـرز الخطـوات في هـذا السـياق نشـر قـوات الدفـاع الـذاتي اليابانيـة في خليـج عُـمان أوائـل عـام 2020 بشـكل مسـتقل، حيـث لم تنضم اليابـان بشـكل رسـمي [8] إلى مهمـة الأمـن البحـري المتعـددة الجنسـيات بقيـادة الولايـات المتحـدة، والتـي هدفـت لتأمـين ممـرات الشـحن التجاريـة في مضيـق هرمـز، بعـد مـا شـهد الخليـج العـربي حالـة مـن عـدم الاسـتقرار بسـبب التهديـدات الإيرانيـة لحركـة السـفن التجاريـة العالميـة.

---

7. الرسـمي: يقصـد بـه أنـه يسـتند إلى التزامـات تعاقديـة بموجـب «معاهـدة التعـاون والأمـن المتبـادل بـين اليابـان والولايـات المتحـدة الأمريكيـة» الموقعـة عـام 1954 وتـم تعديلهـا عـام 1960.

8. Tim Kell, Japanese warship departs for Gulf to patrol oil lifeline, Reuters, February 2, 2020: https://reut.rs/3ir2kjr

ولاشك في أن تلك الخطوة - رغم تواضعها النسبي مقارنة بمستوى التهديدات القائم - تنطوي على أهمية كبيرة؛ لأنها جاءت في ظل حكم الحزب الليبرالي الديمقراطي المحافظ الذي لطالما تمسك بعدم استخدام قوات الدفاع الوطني إلا للدفاع عن حدود البلاد. ولكن في عام 2015، صدر تشريع لم يحظَ بشعبية داخل اليابان ولا في محيطها الإقليمي، يسمح للبلاد بممارسة حق الدفاع الجماعي عن النفس؛ وهذا يعني أن اليابان أصبح بإمكانها المشاركة في أعمال قتالية لدعم الولايات المتحدة والشركاء الاستراتيجيين الآخرين، وإرسال قوات إلى مناطق النزاعات في الخارج. وبغض النظر عن مبررات الخطوة الأخيرة والتي جاءت استجابة لمطلب أمريكي بضرورة المشاركة في تحمل الأعباء، فإن هناك كثيراً من اليابانيين يرون في المادة 9 من الدستور، والتي تنص على «تخلي الدولة رسمياً عن حق السيادة في القتال»[9]، على أنها رمز للخضوع للولايات المتحدة، حيث فُرضت من قبل واشنطن خلال احتلالها اليابان، ولذلك يتوجب مراجعتها وتعديلها[10].

وفي هذا الإطار جاءت تحركات اليابان السياسية والعسكرية منذ أحداث الحادي من سبتمبر 2001، وحتى اليوم. ولكن هذه السياسة تخضع لحسابات دقيقة جداً، حيث تريد اليابان أن تعزز مكانتها في المنطقة بوصفها وسيطاً نزيهاً ومحايداً»[11] وليست قوة تسعى للنفوذ، بينما تحافظ في الوقت نفسه على تحالفها المتين مع الولايات المتحدة، دون تعريض علاقاتها للخطر من خلال استعداء العواصم الإقليمية، وخاصة أن المنطقة تشهد عمليات استقطاب حاد بين القوى الرئيسية فيها، فضلاً عن حالة التنافس بين القوى الأجنبية الكبرى عليها.

ومع ذلك، فإن حساسية طوكيو لاعتبارات السياسة الأمريكية وأولوياتها في المنطقة، مع التركيز على مصالح الطاقة الخاصة بها، قد يكون له أثر إيجابي على التواصل الدبلوماسي والاقتصادي الياباني المتزايد في المنطقة، حيث نمت مصالح اليابان في الشرق الأوسط وتنوعت خلال السنوات الأخيرة، لتشمل التعاون في قطاعات مختلفة، ومن بينها البيئة والفضاء وغيرهما.

---

9. المادة 9، الدستور الياباني (بالعربية)، على الرابط: https://bit.ly/2VdOCGU

10. Jeff Kingston, Japan's warship deployment could push a pacifist country into conflict, The Guardian, 3 February 2020: https://bit.ly/2SrEEAW

11. Full transcript of Arab News interview with Japanese Foreign Minister Taro Kono, Arab News, July 03, 2019: https://bit.ly/3iJvg4T

3. التنافس مع الصين

إن التحالـف مـع الولايـات المتحـدة ليـس هـو العامـل الخارجـي الوحيـد الـذي يحـدد السياسـة اليابانيـة تجـاه المنطقـة؛ فهنـاك أيضـاً الغريـم التقليـدي، وهـو الصيـن التـي لم تعـد كـما كانـت تاريخيـاً مجـرد منافـس إقليمـي فقـط، وإنمـا غـدت أيضـاً ذات طموحـات عالميـة، خاصـة بعـد أن تجـاوزت اليابـان وأصبحـت ثانـي أكبر اقتصـاد في العالـم عـام 2010[12]. ولاشـك في أن هـذا يمثـل عامـلًا محـدداً في سياسـة اليابـان الخارجيـة، حيـث تعتبر طوكيـو تمـدد الصيـن عالميـاً تهديـداً لمصالحهـا، وبالطبـع لمصالـح حلفائهـا في الغـرب، خاصـة الولايـات المتحـدة[13]. ومـن هنـا، فـإن أولويـات اليابـان في منطقـة الشـرق الأوسـط تنسجـم مـع هدفهـا الاسـتراتيجي الأوسـع والمتمثـل في إدارة علاقاتهـا مـع دول المنطقـة في سـياق التنافـس مـع الصيـن.

ولكـن مـن الواضـح أن طوكيـو ترسـم مسـارها في الشـرق الأوسـط بحـذر شـديد، مـن خـلال بنـاء علاقـات أقـوى ومتنوعـة مـع دول المنطقـة لتأميـن مصالحهـا في مواجهـة النفـوذ الصينـي المتنامـي في العديـد مـن المناطـق في العالـم؛ وعليـه، فـإن اليابـان تسـعى للتركيـز عـلى مـا يمكـن أن تقدمـه للمنطقـة مـن أفضليـة أو ميـزات قـد لا تسـتطيع الصيـن تقديمهـا، ومنهـا علـوم الفضـاء والتكنولوجيا المتقدمـة وغيرهـما.

ثانياً: تنويع مجالات التعاون الياباني مع دول المنطقة

تعمـل اليابـان عـلى تنويـع علاقاتهـا مـع دول المنطقـة، وهـذا التوجـه في الواقـع ليـس جديـداً، حيـث كانـت طوكيـو تسـعى دائمـاً لتوسـيع نطـاق مصالحهـا في المجـالات المختلفـة، ولكـن هـذه المسـألة بـدأت تأخـذ أبعـاداً أكـثر وضوحـاً في السـنوات القليلـة الماضيـة مـع اشـتداد حـدة

---

12. BBC, China overtakes Japan as world's second-biggest economy Published 14 February 2011: https://bbc.in/3y5DFG3

13. أعـرب قـادة دول حلـف شـمال الأطلـس في قمتهـم بالعاصمـة البلجيكيـة، بروكسـل، بحضـور الرئيـس جـو بايـدن يـوم 14 يونيـو 2021 عـن «قلقهـم» حيـال الطموحـات الصينيـة التـي تشـكّل «تحدّيـات لأسـس النظام الـدولي»، بينمـا قـال الأميـن العـام للحلـف، ينـس سـتولتنبرغ، بعـد القمـة «لـن نـدخـل في حـرب بـاردة جديـدة، والصيـن ليسـت خصمنـا وليسـت عدوتنـا»، ولكنـه أضـاف «لكننـا في حاجـة إلى أن نواجـه معـاً، كحلفـاء، التحديـات التـي يطرحهـا صعـود الصيـن عـلى أمننـا»: الحقيقـة الدوليـة، الناتـو يخطـب ود الصيـن، 14 يونيـو 2021، عـلى الرابـط: https://bit.ly/3BFpycX

المنافسـة الدوليـة، ورغبـة دول المنطقـة نفسـها في تنويـع مواردهـا، وعـدم الاعتـماد فقـط عـلى النفـط أو قطـاع الطاقـة، وفي هـذا السـياق تـبرز ملامـح التوجـه اليابـاني لتنويـع علاقتها مـع دول المنطقـة، فيـما يـلي:

1. تنويع العلاقات الاقتصادية

لطالـما هيمنـت الطاقـة عـلى العلاقـات الاقتصاديـة لليابـان مـع الـشرق الأوسـط، ولا يـزال هـذا الحـال قائـماً حتـى اليـوم أيضـاً؛ فأكـثر مـن 90% مـن واردات اليابـان مـن البـترول تـأتي مـن المنطقـة[14] وتحديـداً مـن السـعودية، ودولـة الإمـارات، وقطـر[15]. ومـع ذلـك، اتخـذت كل مـن اليابـان وشركائها في الـشرق الأوسـط خطـوات لتوسـيع علاقاتهـم الاقتصاديـة والتجاريـة بما يتجـاوز مـوارد الطاقـة؛ فمنـذ العـام 2017 أصبحـت اليابـان رابـع مسـتورد للنفـط وثـاني أكـبر سـوق تصديـر بعـد الصـين إلى الـدول الثـلاث، حتـى بعـد جائحـة كورونـا التـي أثـرت في حجـم التبـادل التجـاري[16].

ولكـن مازالـت المنطقـة سـوقاً صغـيرة نسـبياً لصـادرات اليابـان، مقارنـة بأكـبر سـوقين، وهـما الولايـات المتحـدة والاتحـاد الأوروبي. ومـع ذلـك، يعـد الشـرق الأوسـط سـوقاً مهمة لعـدد مـن السـلع والبضائـع اليابانيـة، وأهمهـا السـيارات والآلات. والوجهـة الأولى في المنطقـة للصـادرات اليابانيـة هـي دولـة الإمـارات، حيـث بلغـت قيمـة الصـادرات 7.18 مليـار دولار في عـام 2019، تليهـا السـعودية بـ 5.11 مليـار دولار، ولكنهـا بالطبـع تراجعـت عـام 2020، بفعـل تداعيـات كورونـا[17]. ويسـتضيف كلا البلديـن أيضـاً معظـم المواقـع التجاريـة في الخـارج المسـجلة للـشركات التابعـة لليابـان[18].

---

14.   نارايانابـا جاناردهـان، الدبلوماسـية النفطيـة اليابانيـة في الخليـج: فكـرة قديمة ومقاربـات جديـدة، معهـد دول الخليـج العربيـة في واشـنطن، 15 إبريـل 2021: https://bit.ly/2UCGikr

15.   The Observatory of Economic Complexity (OEC): https://bit.ly/3x42K2P

16.   «21 مليـار دولار فائـض تجـارة دول الخليـج مـع اليابـان بالنصف الأول مـن 2020، مباشـر، 20 يوليـو 2020، عـلى الرابـط: https://bit.ly/3pI3t7Z

17.   Trading Economics, Japan Exports by Country: https://bit.ly/3kSCF4h

18.   FY 2019 Survey on Business Conditions of Japanese Affiliated Companies in the Middle East, Japan External Trade Organization (JETRO) Middle East & Africa Division, Overseas Research Department, February 202: https://bit.ly/3i2q2lk

أما بالنسبة لإيران، فقد كانت اليابان ثاني أكبر شريك تجاري لها بعد الصين في العقد الأول من القرن الحادي والعشرين. ومع ذلك، فقد تأثرت هذه الصادرات كثيراً بفعل العقوبات الأمريكية على إيران بسبب برنامجها النووي[19].

بالطبع سعت اليابان لاستعادة علاقاتها التجارية مع إيران بعد الاتفاق النووي عام 2015 الذي وقعته طهران مع القوى الخمس الدائمة العضوية في مجلس الأمن بالإضافة إلى ألمانيا، وكانت الشركات اليابانية من أوائل الشركات التي دخلت السوق الإيرانية بعد دخول خطة العمل الشاملة المشتركة حيز التنفيذ 2016، وبحلول عام 2017 بلغت قيمة صادرات اليابان إلى إيران نحو مليار دولار[20]. ولكن انسحاب واشنطن من الاتفاق النووي في مايو 2018 والضغط على طوكيو وعواصم أخرى لوقف التجارة مع طهران أدى إلى تجميد العلاقات الاقتصادية بين اليابان وإيران مجدداً؛ ومن ثَمَّ انسحاب الشركات اليابانية من السوق الإيرانية على أثر ذلك، وتراجعت واردات اليابان من النفط الإيراني، حتى توقفت تقريباً بحلول عام 2020[21]. وتبدو اليابان ودول أخرى بانتظار ما ستسفر عنه مفاوضات فيينا الرامية لعودة متزامنة للولايات المتحدة وإيران للاتفاق، حيث يبدو الطرفان قاب قوسين أو أدنى من التوصل لاتفاق قد يُنهي العقوبات الأمريكية أو غالبيتها.

2.   توسيع نطاق أمن الطاقة والاعتماد المتبادل

لا شك أن توفير الطاقة أمر بالغ الحيوية لليابان وسيبقى كذلك الهاجس الأكبر لها، حيث يتوقع أن تستمر بالاعتماد في وارداتها من الطاقة بشكل رئيسي على الشرق الأوسط لسنوات أو ربما عقود[22]، ولكن أمن الطاقة لا ينحصر فقط بالاستيراد، وإنما هناك جوانب أخرى مهمة؛ إذ تملك اليابان قدرات كبيرة جداً من سعة تخزين النفط وقد سمحت لبلدان من الشرق الأوسط بتخزين النفط في أراضيها لتوزيعه في أماكن أخرى في شرق آسيا، حيث وقَّعت مع دولة الإمارات العربية المتحدة في يناير 2020[23] اتفاقية التعاون الاستراتيجي التي سمحت لها

---

19.   Japan exports to Iran, TRADING ECONOMICS: https://bit.ly/3rzc11L

20.   TRADING ECONOMICS: https://bit.ly/3kPiNPL

21.   Christopher Lamont, JAPAN'S EVOLVING TIES WITH THE MIDDLE EAST, 28 July, 2020: https://bit.ly/2W75WxR

22.   Japan to Reduce its Dependence on Oil to 40% or less by 2030, 10 September 2006 https://bit.ly/2TxRjCS

23.   Gulf Today, UAE-Japan relations get a big boost, 14 Jan 2020: https://bit.ly/3hZO3cO

بتخزيـن 8 ملاييـن برميـل مـن النفـط الخـام الإمـاراتي؛ مـا منـح الإمـارات وصـولاً أسـهل إلى أسـواق شرق آسـيا. ولـدى اليابـان ترتيبـات مماثلـة مـع السـعودية أيضـاً[24]. ومـع ذلـك، كشـفت جائحـة «كوفيـد-19» عـن فجـوة في سلسـلة إمـداد الطاقـة إلى اليابـان، حيـث لم يكـن لـدى شركات الشـحن اليابانيـة الكبرى أسـاطيل شـحن بمـا فيـه الكفايـة للاسـتفادة مـن الطلـب عـلى الناقـلات في الأسـواق الفوريـة لتخزيـن النفـط[25].

وبالإضافـة إلى سـعتها التخزينيـة، تتمتـع اليابـان بقـدرة تكريـر كبيرة ومتناميـة أيضـاً؛ حيـث يوجـد لديهـا مـا مجموعـه 23 مصفـاة نفـط خـام نشـطة[26]. وقـد سـعت طوكيـو إلى تنويـع مزيـج طاقتهـا أيضـاً مـن خـلال الاسـتثمار في الغـاز الطبيعـي المسـال لتقليـل الاعتـماد عـلى نفـط الـشرق الأوسـط[27].

3. الانخراط في فعاليات مشتركة

سـعت اليابـان في السـنوات الأخيرة لتعزيـز العلاقـات التجاريـة والاستثمارية مـع الشـرق الأوسـط مـن خـلال عـدد مـن النـدوات والفعاليـات الرفيعـة المسـتوى التـي اسـتضافتها طوكيـو ودول المنطقـة، مـن بينهـا منتـدى الحـوار العـربي - اليابـاني عـام 2017[28]، ومنتـدى الأعـمال اليابـاني - الإمـاراتي[29]، وملتقـى الأعـمال السـعودي - اليابـاني رؤيـة 2030 لعـام 2019[30]. وقـد خططـت اليابـان لمعـرض واسـع النطـاق للتكنولوجيـا والسـياحة اليابانيتـين أيضـاً في إكسـبو دبي 2020، وهنـاك اهتمـام

24. Takeo Kumagai, Japan, Saudi Arabia to renew crude oil storage deal in Okinawa, S&P Global Platts, 23 Oct 2019: https://bit.ly/3eQ5zhW

25. Japan shippers' skinny fleets miss out on oil storage bonanza, NikkeiAsia, YUKO NAGAE, April 30, 2020: https://s.nikkei.com/3kPmR2o

26. GlobalData, Japan will be third largest contributor to crude oil refining capacity in Asia from 2018 to 2023, 18 January 2019: https://bit.ly/2WcMaRz

27. KOSUKE TAKEUCHI, Japan to pump $10bn into LNG as move away from Mideast oil Nikkei-Asia, September 24, 2019: https://s.nikkei.com/2VccE5q

28. Ministry of Foreign Affairs of Japan, The Japan Arab Dialogue Forum (Overview): https://bit.ly/36YJzgn

29. JETRO, "Japan-UAE (United Arab Emirates) Business Forum" in Abu Dhabi:https://bit.ly/2Ty3CPA

30. JETRO, Saudi-Japan Vision 2030 Business Forum – Introduction of future-oriented cooperation in new fields: https://bit.ly/2VcLdIp

متزايـد مـن قِبـل طوكيـو لتنويـع علاقاتهـا التجاريـة بالشـرق الأوسـط في ظـل تنامـي حضـور جيرانها في شرق آسـيا: كوريـا الجنوبيـة والصـين.

إن أحـد القطاعـات الـذي شـهد نمـواً هـو الاسـتثمار في اليابـان مـن قِبـل صناديـق الاسـتثمار في الشـرق الأوسـط[31]. فهنـاك قطاعـات تمثـل هدفـاً جذابـاً للاسـتثمار، وخاصـة الاسـتثمار السـعودي؛ لأن رؤيتهـا 2030 تركـز عـلى تمويـل تقنيـات جديـدة ومبتكـرة تتماشى بشـكل وثيـق مـع الرغبـة في تأمـين دور أكثر بـروزاً في الصناعـات التـي تحتـاج إلى معـارف قويـة ومتقدمـة. وكجـزء مـن جهـود اليابـان لتعزيـز مكانـة طوكيـو كمركـز مـالي عالمـي رئيـسـي، ضغطـت عـلى بورصـة طوكيـو لتكـون موقـع إدراج أرامكـو السـعودية في الخـارج، التـي تـم تعليقهـا بعـد الهجـمات عـلى أرامكـو في 14 سـبتمبر 2019[32].

4.   توسيع نطاق العلاقات الاستراتيجية في إطارها الدولي

تـزداد أهميـة الشـرق الأوسـط في الاقتصـاد العالمـي ليـس كمصـدر لمـوارد الطاقـة وخاصـة النفـط والغـاز فقـط، ولكـن كسـوق ضخمـة للسـلع والخدمـات أيضـاً، وتواجـه اليابـان منافسـة متزايـدة مـن الصـين ودول أخـرى في أسـواق المنطقـة؛ وهـذا دفـع اليابـان إلى زيـادة انخراطهـا الدبلومـاسي بشـكل ملحـوظ في السـنوات الأخـيرة. ومـن المـؤشرات عـلى هـذا، الزيـارات العديـدة التـي قـام بهـا كبـار المسـؤولين اليابانيـين إلى العواصـم الإقليميـة، التـي كانـت تهـدف في مجملهـا إلى تعزيـز التعـاون الثنـائي خاصـة في المجـال الاقتصـادي، وجـزء منهـا كان في إطـار مسـاعٍ أمريكيـة لحلحلـة ملفـات إقليميـة مثـل الملـف الإيـراني. ومـع ذلـك، سـيكون مـن الخطـأ النظـر إلى الدبلومـاسية اليابانيـة عـلى أنهـا تـروج لأجنـدة تجاريـة أو أمريكيـة فقـط. فاليابـان حريصـة عـلى ألا يُنظـر إليهـا، عـلى أنهـا تتـماشى بشـكل وثيـق مـع المصالـح الأمريكيـة، وإنمـا تسـعى في الحقيقـة إلى تعزيـز صورتهـا عـلى أنهـا وسـيط نزيـه أيضـاً، ولهـذا تركـز عـلى القيـام بـأدوار مهمـة في المنطقـة، مـن بينهـا الجهـود الإنسانيـة[33]، حيـث تسـهم في عمليـات إعـادة الإعـمار والتنميـة وتقـدم المسـاعدة الإنسانيـة

---

31.   Riad Hamade, Matthew Martin and Archana Narayanan, Saudi Arabia Doubles Down on SoftBank Bet with Extra $45 Billion, Bloomberg, October 6, 2018:https://bloom.bg/3kURdk2

32.   Tokyo bourse owner feels Saudi Aramco IPO plans intact -Jiji, Reuters, 19 September 2019:https://reut.rs/2Wnlhe5

33.   Arab News Japan, The Government of Japan provides $2.2m in support of UNICEF Jordan's health, sanitation services, 11 May 2020: https://bit.ly/3kSHlap

للاجئـين الفاريـن مـن الحـروب. بالإضافة إلى ذلـك، حاولـت اليابـان القيـام بجهـود دبلوماسـية للحـد مـن التوتـرات في الخليـج العربي؛ حيـث سـعى رئيـس الـوزراء السـابق، شـينزو آبي، للاسـتفادة مـن علاقـات بلـاده الطيبـة مـع المنطقـة لتخفيـف حـدة التوتـرات المتصاعـدة بـين الولايـات المتحـدة وإيـران[34]. بالإضافـة إلى هـذه الجهـود، نجحـت اليابـان في تنميـة علاقـات أوثـق مـع الفلسطينيين، مـع الالتـزام بحـل الدولتـين، ومبادرتهـا المعروفـة باسـم «ممر السـلام والازدهـار»[35] التـي أطلقتهـا عـام 2007 بهـدف المسـاهمة في تحقيـق السـلام مازالـت قائمـة وهنـاك العديـد مـن المشروعـات التـي تمـت في إطارهـا.

وبشـكل عـام، يمكـن النظـر إلى توسـع دور اليابـان في الشـرق الأوسـط عـلى أنـه ينسـجم مـع رؤيـة اسـتراتيجية أوسـع لتعزيـز نظـام دولي قائـم عـلى القواعـد والقوانـين الدوليـة، وفي الوقـت نفسـه الاعتمـاد عـلى الـذات أكـثر في بنـاء الشـراكات وتعزيـز العلاقـات.

5. **تعزيز المصالح الأمنية اليابانية المتنامية في المنطقة**

تـدرك اليابـان بشـكل متزايـد الحاجـة إلى تأمـين العلاقـات في منطقـة محوريـة كالشـرق الأوسـط، حيـث يتذبـذب التـزام الولايـات المتحـدة الأمريكيـة، بينـما ينشـط بالمقابـل جـيران اليابـان ومنافسـوها، وتحديـداً، كوريـا الجنوبيـة والصـين، بشـكل متزايـد. وحتـى الآن، لم تسـعَ اليابـان إلى إنشـاء أي قواعـد إضافيـة في المنطقـة بخلـاف تلـك الموجـودة في جيبـوتي، وهي قاعـدة عسـكرية تديرهـا قـوات الدفـاع الذاتي اليابـاني، وتعـد أول وأكـبر قاعـدة عسـكرية يابانيـة دائمـة وراء البحـار منـذ الحـرب العالميـة الثانيـة[36]. وقـد أنشـأت هـذه القاعـدة عـام 2011، بهـدف مكافحـة القرصنة، ولكـن يُنظـر إليهـا عـلى أنهـا جـاءت في سـياق مواجهـة الصـين التـي تسـعى لتوسـيع وجودهـا ومـد نفوذهـا في تلـك المنطقـة التـي تطـل عـلى واحـد مـن أهـم الممـرات الاسـتراتيجية في العالم والـذي يربـط آسـيا بأوروبـا.[37]

34. France 24, Japan's Abe heading to Middle East to urge calm, 10 January 2020: https://bit.ly/3eTfkvG

35. جريـدة الغـد (الأردنيـة)، اجتـماع يابـاني – أردني – فلسـطيني – إسرائيـلي لبحـث مبـادرة ممـر السـلام والازدهـار، 29 إبريـل 2018، عـلى الرابـط: https://bit.ly/3lgExEa

36. صحيفـة الشـعب اليوميـة أونلايـن (الصينيـة): لمـاذا تعتـزم اليابـان توسـيع قواعدهـا العسـكرية في الخـارج؟ 19 أكتوبـر 2016، عـلى الرابـط: https://bit.ly/3C1jNX2

37. محمـود زكريـا، القواعـد العسـكرية في جيبـوتي: الواقـع والأسـباب، مركـز فـاروس الاستشـارات والدراسـات الاسـتراتيجية، 28 أكتوبـر 2020، عـلى الرابـط: https://bit.ly/3rJPdMO

ومع ذلك، لم تنشر اليابان، حتى الآن، أي وحدات من قوات الدفاع الذاتي لإجراء أنشطة تدريبية أمنية في المنطقة[38]. ولكن من المرجح، أن يتغير الأمر في العقد المقبل، خاصة مع تنامي الوجود الصيني العسكري في المنطقة، حيث يتوقع أن تحاول اليابان تعزيز علاقاتها الأمنية مع الشرق الأوسط في مجالات عسكرية أمنية مهمة، منها تجارة الأسلحة.

وقد بدأ الشرق الأوسط بالفعل في الظهور كشريك أسلحة محتمل لليابان؛ ففي إبريل 2014، رفعت اليابان الحظر المفروض على صادرات الأسلحة للمرة الأولى منذ ما يقرب من 50 عاماً، حيث كانت اليابان قد قيدت نفسها عام 1967، بثلاثة مبادئ: عدم تصدير الأسلحة إلى الدول الشيوعية، والخضوع لقرارات الأمم المتحدة بحظر الأسلحة، وعدم التورط أو احتمالية التورط في أي صراعات دولية[39]. وتسمح هذه الخطوة لليابان بتطوير أسلحة بالتعاون مع دول أخرى، وفي مقدمتها حلفاؤها، خاصة الولايات المتحدة، وحصول صناعاتها العسكرية على تكنولوجيا حديثة والسماح بدخولها إلى أسواق جديدة، وقد تصبح اليابان بحكم التكنولوجيا المتقدمة جداً التي تمتلكها مصدراً لأسلحة متطورة وربما فريدة على مستوى العالم.

وعلى الرغم من أن اليابان حديثة العهد في مجال تجارة الأسلحة ولم تسجل بعد أي صفقات أسلحة كبيرة، فقد أبدى عملاء محتملون في المنطقة اهتمامهم بذلك. وقد سعت اليابان للمرة الأولى لتأمين مشتريات أجنبية لطائراتها للنقل العسكري خلال مشاركتها في معرض دبي للطيران 2017 [40]، حيث أعربت دولة الإمارات العربية المتحدة عن رغبتها في شراء طائرات C-2[41]. ومع ذلك، يتوقع أن تواجه مساعي اليابان في هذا السياق عقبات حيث تثار أسئلة حول إذا ما كانت مثل تلك الصفقات تتعارض مع قانون تصدير الأسلحة الياباني أم لا، كما أنها قد تثير حفيظة جيرانها وفي مقدمتهم الصين، وذلك بسبب عوامل عدة من أهمها ماضي

---

38. June Park and Ali Ahmad، Risky Business: South Korea's Secret Military Deal With UAE The hidden military pact was meant to seal the UAE-ROK nuclear power plant deal. The Diplomat, March 01, 2018: https://bit.ly/3xe2jTX

39. بي بي سي عربي، اليابان تخفف قيود تصدير الأسلحة المفروضة منذ 50 عاماً، 1 إبريل 2014، على الرابط: https://bbc.in/2WlM6zd

40. Japan's C-2 Transport Aircraft Makes International Debut At Dubai Airshow Defense World, November 13, 2017: https://bit.ly/3eVGpOW

41. Nikkei Asia, Japan in talks to export defense aircraft to UAE, August 27, 2017: https://s.nikkei.com/3ryICVl

اليابـان الاسـتعماري في شرق آسيا وجنوب شرقهـا، والخـوف مـن سـباق تسـلح قـد يقـوض حالـة الاسـتقرار التـي تتمتـع بهـا تلـك المنطقـة منـذ عقـود.

وهنـاك مجـال آخـر مهـم يمكـن لليابـان أن تدخـل بـه بقـوة إلى المنطقـة، وهـو الفضـاء، ليـس في الاستخدامات المدنية كـما هـو حـادث الآن فقـط، ولكـن في الاستخدامات العسـكرية كذلـك، وخاصة أن هنـاك بـوادر لسـباق عالمـي في هـذا المجـال أيضـاً؛ ففـي إبريـل 2020 اعتمـد البرلمـان اليابـاني قانونـاً ينشـئ بمقتضـاه وحـدة مهمة في المجـال الفضائي داخـل قوة الدفاع الـذاتي الجوية اليابانية (JASDF). ومـن المتوقـع أن تصبـح وحـدة الفضـاء الجديـدة جاهـزة للعمـل بكامـل طاقتها بحلـول عـام 2023، وهـذا يشـير إلى زيـادة اعتـماد اليابـان عـلى أنظمـة الفضـاء[42]، وقـد تضيـف القـدرات الفضائيـة اليابانيـة المتزايـدة بعـداً جديـداً للعلاقـات العسـكرية والأمنيـة مـع الـشرق الأوسـط.

ولاشـك أن الـدور الأمنـي المتزايـد لليابـان سـيخلق تعقيـدات للقـادة اليابانيـين في الداخـل. فنـشر قـوات الدفـاع الـذاتي في الـشرق الأوسـط لم يحـظَ بعـد بشـعبية عـلى المسـتوى المحـلي. وعندمـا نـشرت اليابـان أحـدث بعثاتهـا في خليـج عُـمان في ينايـر 2020، أظهـرت استطلاعات الـرأي أن مـا يقـرب مـن 60% مـن اليابانيين يعارضـون تلـك المهمة؛ ونتيجـة لذلـك سـعت الحكومـة اليابانية إلى التأكيـد عـلى أن مثـل هـذا الانتشار يخـدم المصالـح اليابانيـة بالدرجـة الأولى، حيـث يـأتي نحـو 90% مـن واردات اليابـان مـن النفـط الخـام مـن المنطقـة[43]، ومـن ثم سـيكون عـلى القـادة اليابانيـين بـذل الكثـير مـن الجهـد لضـمان دعـم محـلي لهـذا التوجـه.

ثالثاً: ملامح المسار الأكثر استقلالية عن واشنطن

بـدأت اليابـان، مؤخـراً، ترسـم بشـكل متزايـد مسـاراً أكـثر اسـتقلالية لسياسـاتها تجـاه الـشرق الأوسـط؛ وذلـك مـن منطلـق أن مصالـح اليابان في الـشرق الأوسـط لم تكـن تتوافـق مع اسـتراتيجية «الضغط الأقصـى» التـي اتبعتهـا إدارة الرئيـس الأمريـكي السـابق دونالـد ترامـب ضـد إيـران. ومـع ذلـك، فـإن إعـادة تقويـم سياسـات اليابـان في الـشرق الأوسـط سـبقت إدارة ترامـب، فقـد كان

---

42. Yuka Koshino, Japan's new Space Domain Mission Unit and security in the Indo-Pacific region, IISS, 1st May 2020: https://bit.ly/2WjzzfF

43. Christopher Lamont, Japan's Evolving Ties with the Middle East, Asia's New Pivot, 28 July 2020: https://bit.ly/37bKo5t

هناك استعداد واضح للتركيز على تحديد أولويات اليابان الخاصة في المنطقة خلال زيارات رئيس الوزراء السابق، شينزو آبي، لدول المنطقة ومن أهمها في هذا الإطار زيارته في يناير 2015 إلى مصر والأردن وإسرائيل وفلسطين، حيث أكد أن اليابان ستعمل على بناء علاقاتها مع المنطقة بشروطها الخاصة. وقد حدد آبي ثلاث ركائز لسياسات اليابان تجاه المنطقة: الانسجام والتعاون والتعايش[44].

وبما أن اليابان لا تتمتع بنفوذ القوة الصلبة، وخاصة العسكرية منها في منطقة الشرق الأوسط، فإن مساعداتها التنموية والإنسانية المهمة لدول المنطقة تكسبها نفوذاً كبيراً، فقد قدمت 1.9 مليار دولار لمساعدة اللاجئين والنازحين بسبب الحرب ضد تنظيم «داعش» في سوريا والعراق[45]. وفي عام 2018 حصل العراق على أكثر من 474 مليون دولار من المساعدات اليابانية. ولدى اليابان فرصة لتعزيز صورتها كوسيط نزيه ومحايد في الشرق الأوسط لعدم وجود تاريخ استعماري لها فيه، على عكس اللاعبين الرئيسيين الآخرين.

وفي عام 2017، شاركت اليابان في الحوار السياسي الياباني - العربي الأول الذي استضافته جامعة الدول العربية، وفيه حدد وزير الخارجية الياباني، آنذاك، كونو، المبادئ التوجيهية[46]، التي تمثل أهدافاً للسياسة اليابانية تجاه الشرق الأوسط أيضاً؛ وهي: أولاً، «المساهمة الفكرية والإنسانية»، وثانياً، «الاستثمار في الناس»، وثالثاً، «الجهود المستمرة»، وأخيراً، تعزيز الجهود السياسية في المنطقة، من خلال الوساطة والقيام بدور سياسي لتخفيف حدة التوتر فيها.

رابعاً: تعزيز الشراكات الاستراتيجية مع المنطقة

من بين وسائل اليابان لتعزيز علاقتها مع الشرق الأوسط بناء شراكات استراتيجية خاصة مع المنطقة، وهي تتمتع الآن بشراكات مهمة مع عدد من الدول الإقليمية الرئيسية، ومن بينها وربما أبرزها الشراكات مع دولة الإمارات العربية المتحدة والمملكة العربية السعودية:

44.	Ministry of Foreign Affairs of Japan, Speech by Prime Minister Abe "The Best Way Is to Go in the Middle" January 18, 2015: https://bit.ly/3i1c03u

45.	Ministry of Foreign Affairs of Japan, Official Development Assistance (ODA): https://bit.ly/3i10tRF

46.	Speech by Foreign Minister Kono at the first-ever Japan-Arab Political dialogue, September 12, 2017: https://bit.ly/3x35kGt

1. الشراكة الاستراتيجية مع دولة الإمارات العربية المتحدة

تتمتـع اليابـان بعلاقـات قويـة مـع دولـة الإمـارات العربيـة المتحـدة، سـواء عـلى المسـتوى الاقتصـادي والتجـاري أو المسـتوى السـياسي الدبلومـاسي، وربمـا تكـون هـذه العلاقـة الأهـم لهـا في المنطقـة. وكانـت اليابـان مـن أولى الـدول التـي أقامـت علاقـات دبلوماسـية مـع دولـة الإمـارات بعـد قيـام الاتحـاد عـام 1971 [47]، وتعكـس تبـادل الزيـارات عـلى أعـلى المسـتويات مـدى متانـة هـذه العلاقـات وحـرص قيـادتي البلديـن عـلى الارتقـاء بهـا وتعزيزهـا باسـتمرار.

ويعـد عـام 2013 علامـة مهمـة في تاريـخ هـذه العلاقـات، حيـث أعلـن البلـدان بشـكل مشـترك في أعقـاب اجتماعـات رئيـس الـوزراء اليابـاني، آنـذاك، شـينزو آبي، مـع صاحـب السـمو الشـيخ محمـد بـن زايـد آل نهيـان ولي عهـد أبوظبـي نائـب القائـد الأعـلى للقـوات المسـلحة، وصاحـب السـمو الشـيخ محمـد بـن راشـد آل مكتـوم، نائـب رئيـس الدولـة رئيـس مجلـس الـوزراء حاكـم دبي، عـن بيـان حـول تعزيـز الشـراكة بـين اليابـان والإمـارات العربيـة المتحـدة نحـو الاستقرار والازدهـار التـي سـتؤدي في نهايـة المطـاف إلى الشراكـة الاستراتيجيـة الشـاملة [48].

وبالفعـل فقـد أعلـن الطرفـان عـام 2018 مبـادرة الشراكـة الاستراتيجيـة الشـاملة (CSPI)، التـي أنشـأت إطـار عمـل لتعميـق التعـاون عـبر عـدد كبـير مـن المجـالات، وقضايـا تغطـي الأمنـين الإقليمـي والـدولي والطاقـة المتجـددة وتمكـين المـرأة [49]. والمبـادرة مهمـة لأنهـا تضـع إطـاراً لتعميـق التعـاون الاسـتراتيجي بـين البلديـن. وتقـر اليابـان بالـدور المحـوري الفعـال الـذي تقـوم بـه دولـة الإمـارات العربيـة المتحـدة في المنطقـة وأهميـة دورهـا كبوابـة ليـس للشـرق الأوسـط فقـط، وإنمـا لأفريقيـا وحتـى أوروبـا أيضـاً [50]. ولا تقتـصر هـذه الشراكـة عـلى المصالـح الاقتصاديـة أو التجاريـة، وإنمـا هنـاك عنـاصر أخـرى مـن بينهـا التعـاون الدفاعـي والأمنـي، حيـث تتضمـن الشـراكة

---

47. وكالة الأنباء الإماراتيـة، الإمارات واليابـان.. 48 عامـاً مـن العلاقـات الثنائيـة والشراكـة الاسـتراتيجية، 13 ينايـر 2020، عـلى الرابـط: https://bit.ly/3BGlEjK

48. البيان، 3 مايو 2013، على الرابط: https://bit.ly/371EVy2

49. Joint Statement on Deepening and Strengthening Strategic Partnership between Japan and the United Arab Emirates: https://bit.ly/3eSQLiw

50. وكالـة الأنبـاء الإماراتيـة، الإمارات واليابـان تتعهدان بتعميـق شراكتهـما الاسـتراتيجية بصـورة شـاملة، الإثنـين، 30 إبريـل 2018، عـلى الرابط:https://bit.ly/3w4nV57

الاستراتيجية التزامـات محـددة للتعـاون في هـذا القطـاع، وهـذا يشـمل عقـد الحـوارات الأمنيـة والتعـاون في مجـال معـدات تكنولوجيـا الدفـاع وتسـهيل التبـادلات الثنائيـة[51].

أمـا اقتصادياً، فتعتـبر اليابـان الشـريك التجـاري الأكـبر لدولـة الإمـارات في العـالم[52]، وقـد حافظـت الإمـارات عـلى مركزهـا كثـاني أكـبر شريـك تجـاري لليابـان في الشـرق الأوسـط بحصـة 31.8% مـن إجمـالي تجـارة اليابـان مـع المنطقـة في عـام 2020؛ حيـث بلغـت قيمـة التجـارة الإجماليـة بـين البلديـن نحـو 80.2 مليـار درهـم (21.85 مليـار دولار)، ولكـن بتراجـع بلـغ معدلـه 34.6% عـن قيمـة التبـادل التجـاري بـين البلديـن في عـام 2019، والتـي بلغـت نحـو 122.54 مليـار درهـم (33.39 مليـار دولار)[53]؛ وهـذا مـن تداعيـات جائحـة كورونـا.

كـما يرتبـط البلـدان بعلاقـات تعـاون ثقـافي وعلمـي أيضـاً خاصـة في مجـال الفضـاء، حيـث شـهد عـام 2018 إطـلاق القمـر الاصطناعـي الإمـاراتي «خليفـة سـات» مـن مركـز «تانيغاشـيما» الفضائـي في اليابـان، الـذي دشـنت بـه الإمـارات عهـد التصنيـع الفضائـي، بينـما كان عـام 2020 علامـة فارقـة أيضـاً، حيـث تـم إطـلاق مسبار الأمـل إلى المريـخ مـن المركـز نفسـه كأول مسبار عـربي وإسـلامي يذهـب في مهمـة استكشـافية إلى الكوكـب الأحمـر[54].

2.   الشراكة الاستراتيجية مع السعودية

تتمتـع اليابـان بعلاقـات قويـة ومتينـة مـع السعوديـة أيضـاً منـذ وقـت طويـل نسـبياً، ولا تملـك طوكيـو إطـاراً لتعميـق علاقاتهـا استراتيجيـاً مـع دولـة أخـرى في المنطقـة غـير دولـة الإمـارات العربيـة المتحـدة إلا مـع المملكـة، وذلـك في نطـاق الرؤيـة السـعودية - اليابانيـة 2030 التـي وقعـت في طوكيـو عـام 2017؛ بهـدف تعزيـز التعـاون بـين البلديـن وبنـاء شراكات استراتيجية والعمـل معـاً لتنويـع اقتصـاد السـعودية وتوسـيع فـرص الاسـتثمار للجانـب اليابـاني[55].

---

51.   Joint Statement on Deepening and Strengthening Strategic Partnership between Japan and the United Arab Emirates: https://bit.ly/3eUJvCz

52.   الوطن، 14 يناير 2020، على الرابط: https://bit.ly/3x426Cr

53.   صحيفـة الخليـج، 80.2 مليـار درهـم تجـارة الإمـارات مـع اليابـان عـام 2020، 17 فبرايـر2021، عـلى الرابـط:https://bit.ly/2ShJtMY

54.   مجلة اليابان، 20 يوليو 2020، على الرابط: https://bit.ly/3i4L3fw

55.   مذكـرة تعـاون بـين حكومـة المملكـة العربيـة السـعودية وحكومـة اليابـان حـول تنفيـذ الرؤيـة السـعودية - اليابانيـة (2030)، المركـز الوطنـي للوثائـق والمعلومـات، 13 يوليـو 2021، عـلى الرابـط:https://bit.ly/3hyxUL9

والسـعودية أكـبر مـورد للنفـط لليابـان؛ لـذا تواصـل الطاقـة هيمنتهـا عـلى العلاقـات التجاريـة بـين البلديـن، ولكـن هنـاك رغبـة وحرصـاً متبـادلاً لتعزيـز هـذه العلاقـات وتنويعهـا أيضـاً؛ فقـد سـعت اليابـان لدعـم السـعودية في طموحهـا للانتقـال إلى اقتصـاد مـا بعـد النفـط، بينـما تسـعى السـعودية بدورهـا للاسـتفادة مـن اليابـان في سـعيها لتحقيـق التحـول في مجـال الطاقـة. وقـد سـلطت الزيـارة التـي قـام بهـا الملـك سـلمان بـن عبدالعزيـز لليابـان في مـارس 2017 الضـوء عـلى الأهميـة التـي توليهـا الريـاض لعلاقتهـا مـع طوكيـو، وكان مـن الواضـح أنهـا تسـعى لبنـاء علاقـات دائمـة وقويـة معهـا؛ حيـث تـم خلالهـا توقيـع مبـادرة الرؤيـة السـعودية - اليابانيـة 2030، ووضعهـا في إطـار رؤيـة السـعودية 2030 التـي أطلقهـا ولي العهـد السـعودي الأمـير محمـد بـن سـلمان في العـام السـابق للزيـارة (2016). وتهـدف هـذه الرؤيـة إلى تسـهيل الانتقـال الاقتصـادي للمملكـة إلى عصـر مـا بعـد النفـط مـن خـلال تنويـع اقتصادهـا، وتنظـر المملكـة لليابـان كلاعـب رئيـسي في المسـاعدة عـلى تحقيـق هـذا التحـول.

وأهميـة هـذه الرؤيـة أنهـا تمثـل نـواة شراكـة اسـتراتيجية دائمـة بـين السـعودية واليابـان، وتهـدف إلى تسـهيل مشاركـة القطاعـين العـام والخـاص بـين البلديـن أيضـاً، وقـد شـهدت منـذ انطلاقتهـا العديـد مـن مشروعـات التعـاون، وهـو مـا أسـهم في تحقيـق الكثـير مـن المصالـح الاقتصاديـة لكلا البلديـن[56]. وكانـت السـعودية ومجموعـة «سـوفت بنـك» اليابانيـة، أعلنتـا في عـام 2016 شراكـة بقيمـة بـدأت بـ (45) مليـار دولار، مـن أصـل 100 مليـار دولار قيمـة الصنـدوق، حيـث تـم تأسـيس محفظـة ماليـة في العـام التـالي هـي صنـدوق «فيجـن فنـد» للاسـتثمار في مجـال التكنولوجيـا الطموحـة، وقـد أعلنـت المجموعـة في يونيـو 2021 بـأن أول اسـتثمار لصنـدوق «فيجـن فنـد» (Vision Fund)، الـذي يمولـه البنـك بالاشـتراك مـع صنـدوق الاسـتثمارات العامـة السـعودي، سيسـتثمر في شركـة مراسـلات سـعودية ناشـئة[57]، وهـذا بالطبـع مـؤشر عـلى مسـتوى الاسـتثمارات المتبادلـة والرغبـة في توسـيع دائـرة الشراكـة لتتجـاوز مسـألة الطاقـة بكثـير.

---

56. وكالـة الأنبـاء السـعودية، الاجتـماع الـوزاري الخامـس يناقـش الشراكـة الاسـتراتيجية بـين اليابـان والمملكـة، 15 ديسمبر 2020، عـلى الرابـط: https://bit.ly/3rA3k7t

57. Frank Kane, Vision Fund to back Saudi messaging startup, Arab News, 6 June 2021: https://bit.ly/3kTzvxq

3. علاقات متذبذبة مع إيران لن ترقى لمستوى الشراكة

علاقـة اليابـان بإيـران واحـدة مـن أطـول العلاقـات في المنطقـة، ولكنهـا مـع ذلـك ليسـت الأقـوى، حيـث مـرت بتقلبـات ارتبطـت إلى حـد كبيـر بالتوتـر الأمريكي-الإيـراني المتواصل منـذ قيـام الثـورة الإسلامية قبـل أربعـة عقـود.

والحقيقـة أن هـذه العلاقـة واجهـت تحديـات، خاصـة خـلال العقـد الماضي؛ ففـي عـام 2010 قلصـت اليابـان اسـتثماراتها وتجارتهـا مـع إيران بسـبب العقوبـات الدوليـة المفروضـة عليهـا عـلى خلفيـة برنامجهـا النـووي، والضغـط الكبيـر الـذي مارسـته الولايـات المتحـدة عـلى حلفائهـا، وفي مقدمتهـم اليابـان، للحـد مـن التعـاون مـع طهـران. وكان مـن نتيجـة هـذا أن انسـحبت اليابـان مـن سـوق الطاقـة الإيـراني، بينمـا بقيـت الصيـن[58]، بـل وعـززت مـن علاقتهـا مـع إيـران، وتشـير اتفاقيـة التعـاون التجـاري والاسـتراتيجي التـي وقّعتهـا الصيـن وإيـران عـام 2021 ومدتهـا 25 عامـاً[59]، إلى المسـتوى الـذي وصلتـه العلاقـات بيـن بكيـن وطهـران، والـذي قـد تكـون عـلى حسـاب مصالـح دول أخـرى مـن بينهـا اليابـان التـي كانـت في وقـت سـابق مـن أكبـر الشـركاء التجاريـين لطهـران؛ فقـد أدت خطـة العمـل الشـاملة المشـتركة (JCPOA) التـي وقعـت عـام 2015، إلى انتعـاش التجـارة بيـن اليابـان وإيـران، وقـد حرصـت اليابـان عـلى تطويـر العلاقـات في أعقـاب الاتفـاق، وذلـك سـواء عـلى صعيـد اسـتيراد الطاقـة، أو تأميـن فـرص اسـتثمارية للشـركات اليابانيـة، ولكنهـا انتكسـت مجـدداً بعـد انسـحاب الولايـات المتحـدة مـن الخطـة منتصـف عـام 2018.

ولم تستسـلم اليابـان لهـذا الواقـع، فقـد سـعت لإنقـاذ علاقتهـا مـع إيـران والتوسـط بينهـا وبيـن الولايـات المتحـدة لتخفيـف حـدة التوتـر بينهـما. وكان عـلى طوكيـو بالطبـع أن تـوازن بيـن ضرورات الحفـاظ عـلى علاقـة قويـة مـع الإدارة الأمريكيـة في عهـد ترامـب، والاسـتفادة مـن علاقتهـا مـع إيـران لتقليـل التوتـرات الإقليميـة، وأكثـر مـا كان يقلـق اليابـان هـو تعـرض إمـدادات الطاقـة اليابانيـة ومصالحهـا الاقتصاديـة للخطـر. وبالفعـل فقـد تعرضـت في 13 يونيـو 2019، ناقلـة نفـط يابانيـة وأخـرى نرويجيـة للهجـوم في خليـج عُمـان. وتزامـن ذلـك مـع زيـارة كان يقـوم بهـا رئيـس الـوزراء اليابـاني، آنـذاك، شـينزو آبـي إلى طهـران، مـا أدى إلى تكهنـات بـأن الهجـوم قـد تـم أصـلاً

---

58. HIROFUMI MATSUO, Foreign oil companies chomp at the bit to return to Iran, NIKKEIAsia, February 18, 2016: https://s.nikkei.com/36WSgb9

59. إيـران والصيـن توقعـان معاهـدة تعـاون اسـتراتيجي شـاملة مدتها 25 عامـاً، الحـرة، 27 مـارس 2021، عـلى الرابـط: https://arbne.ws/3fkJatk

لإفشـال محاولـة آبي للوسـاطة. وأيـاً يكـن الأمـر، فقـد فشـلت بالفعـل الوسـاطة اليابانيـة، حيـث رفـض المرشـد الإيـراني عـلي خامنئـي، حتـى تسـلم الرسـالة التـي نقلهـا لـه آبي مـن البيـت الأبيـض[60]. ولكـن كان للهجـوم تأثير عـلى اليابان؛ حيـث أظهـر مـدى التهديـد الـذي يواجـه المصالح التجاريـة اليابانيـة عـبر مضيـق هرمـز وخليـج عُمـان، وقـد يدفعهـا هـذا مـع العوامـل الأخـرى التـي سـبق الحديـث عنهـا إلى إعـادة التفكـير في الاسـتراتيجية القائمـة، وربمـا العمـل عـلى انتشـار عسـكري محـدود وقـد يكـون طويـل الأمـد في المنطقـة.

أمـا فيـما يتعلـق بالعلاقـات مـع إيـران، فسـتعمل طوكيـو عـلى تعزيـز العلاقـات معهـا، ولطالمـا أبـدى المسـؤولون اليابانيـون حرصهـم عـلى تطويـر العلاقـات مـع إيـران، ويبـدو أن هنـاك اسـتعداداً لمرحلـة جديـدة مـع تـولي إبراهيـم رئيـسي رئاسـة البـلاد، وربمـا تكـون اليابـان مـن أوائـل الـدول التـي أرسـلت وفـداً رفيـع المسـتوى إلى طهـران بعـد تـولي الحكومـة الجديـدة؛ وذلك بهـدف تعزيـز «علاقـات الصداقـة التقليديـة» بـين البلديـن[61]، حيـث أجـرى وزير خارجيتهـا، توشيميتسـو موتيجـي مشـاورات مـع كبـار المسـؤولين الإيرانيـين يـوم 22 أغسـطس، هيمـن عليهـا أمـن الملاحـة الإقليميـة والدوليـة. وكان مـن بـين القضايـا الأساسـية التـي طرحـت مسـألة الأصـول الإيرانيـة المجمـدة لـدى طوكيـو امتثـالاً للعقوبـات الأمريكيـة، حيـث طلـب الإيرانيـون الإفـراج عنهـا، وقـد وصـف الرئيـس الإيـراني، إبراهيـم رئيـسي، العلاقـات بـين البلديـن بـ«الجيـدة الوديـة»، مؤكـداً أن «تطويـر العلاقـات الثنائيـة وتعميقهـا يحظيـان بأهميـة كبـيرة»، وأشـاد بالمسـاعدات الإنسـانية التـي قدمتهـا اليابان لبـلاده خـلال جائحـة كورونـا[62]، ورغـم أن الزيـارة تهـدف لتعزيـز العلاقـات بـين البلديـن، فيبـدو أن مـن بـين أهدافهـا أيضـاً الوسـاطة بـين وواشـنطن وطهـران، حيـث كتـب الوزير اليابـاني، في مقـال كتبـه لوكالـة أنبـاء إيـران، أن بـلاده «سـتواصل جهودهـا الدبلوماسـية النشـطة لتهدئـة التوتـرات واسـتقرار الوضـع في الـشرق الأوسـط»[63].

---

60. بي سي عـربي، خامنئـي: ترامـب شـخص لا يسـتحق تبـادل الرسـائل معـه، 13 يونيـو 2019، عـلى الرابـط: https://bbc.in/3AHNuvM

61. MEHR News Agency, Japan seeks to strengthen ties with Iran in new admin, 10 July 2021: https://bit.ly/3C5qBTr

62. عـادل السـالمي، أمـن الملاحـة يهيمـن عـلى مباحثـات وزير الخارجيـة اليابـاني في طهـران، الـشرق الأوسـط، 23 أغسـطس 2021، عـلى الرابـط: https://bit.ly/3kiKsqr

63. مسـعود الزاهـد، وزيـر خارجيـة اليابـان في طهـران بهـدف تهدئـة التوتـرات في المنطقـة، العربيـة، 22 أغسـطس 2021 عـلى الرابـط: https://bit.ly/3kiM57x

ومـع كل ذلـك، فمـن المرجَّـح أن تكـون اليابـان حـذرة في إعـادة ضبـط علاقاتهـا وتوجيهـا مـع إيـران؛ فطوكيـو حساسـة ليـس حيـال المشـكلات القائمـة بـين الولايـات المتحـدة وإيـران فقـط، ولكنهـا بشـأن التعـاون العسـكري الإيـراني مـع كوريـا الشـمالية أيضاً. كـما أنهـا تعـارض الأنشـطة المزعزعـة للاسـتقرار الإقليمـي سـواء التـي تقـوم بهـا إيـران أو وكلاؤهـا في المنطقـة، ومـن هنـا فـإن العلاقـات بـين البلديـن سـتبقى «متواضعـة»، خاصـة مـع معاهـدة التعـاون الاقتصـادي والاسـتراتيجي بين إيـران والصـين؛ ولهـذا لا يتوقـع أن ترقـى العلاقـات اليابانيـة - الإيرانيـة إلى مسـتوى الشـراكة الاسـتراتيجية عـلى الأقـل في المـدى القصـير.

الخاتمة

تتمتـع اليابـان تاريخيـاً بعلاقـات طيبـة مـع الشـرق الأوسـط عمومـاً، وكانـت الطاقـة - وبالطبع لاتـزال - العامـل الأكـثر تحديـداً في سياسـتها تجـاه المنطقـة. ولكـن طوكيـو بـدأت تعمـل، منـذ عقـد مـن الزمـن تقريبـاً، عـلى تنويـع علاقاتهـا التجاريـة الإقليميـة بمـا يتجـاوز النفـط أو مـوارد الطاقـة؛ لتشـمل مجـالات اسـتراتيجية أخـرى بمـا فيهـا العلـوم المتقدمـة كالفضـاء، والأهـم القضايـا الأمنيـة. وتحـرص اليابـان عـلى بنـاء علاقاتهـا مـع المنطقـة مـن خـلال التأكيـد عـلى دورهـا كشريـك ملتـزم، وكوسـيط محايـد وذي مصداقيـة في النزاعـات الإقليميـة القائمـة. وقـد أسـهمت الدبلوماسيـة العامـة لليابـان في تعزيـز صورتهـا الإيجابيـة عـبر الشـرق الأوسـط. كـما أصبحـت المنطقـة محـل اهتمـام متزايـد عمومـاً داخـل اليابـان. وتعمـل اليابـان عـلى توظيـف هـذه العلاقـات كلهـا والاسـتفادة منهـا حتـى تتمكـن مـن الاضطـلاع بـدور سياسـي أكـبر في المنطقـة، بينـما تعتمـد عـلى النفـس أكـثر في تعزيـز وحمايـة مصالحهـا، مـن خـلال تبنّـي مسـار أكـثر اسـتقلالية عـن حليفتهـا الأولى، الولايـات المتحـدة. وهـذا بالطبـع ينسـجم مـع اسـتراتيجية اليابـان الكـبرى الراميـة إلى، أولاً: تعزيـز نظـام عالمـي متعـدد الأطـراف وقائـم بشـكل أسـاسي عـلى احـترام القواعـد الدوليـة، وثانيـاً: مواجهـة النفـوذ الصينـي في الشـرق الأوسـط، خاصـة مـع تنامـي الشـكوك حـول مـدى التـزام الولايـات المتحـدة طويـل المـدى بالمنطقـة. ومـع ذلـك، فـإن طريـق اليابـان في هـذا الاتجـاه ليـس سـهلاً؛ حيـث يجـب عليهـا وهـي تسـعى لتعزيـز مكانتهـا الدوليـة الموازنـة بـين متطلبـات السياسـة والاقتصـاد، وفي هـذا السـياق سـيكون عليهـا تحقيـق التـوازن بـين مصالـح أو أولويـات واشـنطن، التـي تبقـى دون شـك أهـم حليـف لطوكيـو، والحفـاظ عـلى شـبكة العلاقـات اليابانيـة الخاصـة في المنطقـة. هـذا الأمـر يشـكّل تحدّيـاً لليابـان، ولكنـه قـد يكـون دافعـاً قويـاً لتعزيـز تواصلهـا الدبلومـاسي والقيـام بـدور سياسـي أكـثر فاعليـة في المنطقـة، وربمـا الانخـراط أمنيـاً أو حتـى عسـكرياً عنـد الضـرورة، ولكـن بالطبـع ضمـن أطـر متعـددة الأطـراف، حيـث لا يتوقـع - عـلى الأقـل في المديـن القريـب والمتوسـط - أن تقـوم اليابـان بـأي تحـرك في هـذا الاتجـاه بشـكل منفـرد.

المراجع

المراجع العربية:

1. إيمان غالي، 21 مليار دولار فائض تجارة دول الخليج مع اليابان بالنصف الأول من 2020. (20 يوليو 2020)، **مباشر**، على الرابط: https://bit.ly/3pI3t7Z

2. 80.2 مليار درهم تجارة الإمارات مع اليابان عام 2020 (17 فبراير2021)، **صحيفة الخليج**، على الرابط:https://bit.ly/2ShJtMY

3. أبوغزله، محمد، (أكتوبر 2008)، السياسة الخارجية اليابانية تجاه الشرق الأوسط.. المحددات والدوافع، **السياسة الدولية**، العدد 174، ص 18-29.

4. آبي عازم على تعديل المادة التاسعة من الدستور الياباني، **اليابان بالعربي**، (26 مارس 2018)، على الرابط: https://bit.ly/3y5W45B

5. الاجتماع الوزاري الخامس يناقش الشراكة الاستراتيجية بين اليابان والمملكة، (15 ديسمبر 2020)، **وكالة الأنباء السعودية**، على الرابط:https://bit.ly/3rA3k7t

6. الإمارات تطلق مسبار الأمل الإماراتي بنجاح إلى المريخ، (20 يوليو 2020)، **مجلة اليابان**، على الرابط: https://bit.ly/3i4L3fw

7. الإمارات واليابان تتعهدان بتعميق شراكتهما الاستراتيجية بصورة شاملة، (30 إبريل 2018)، **وكالة الأنباء الإماراتية**، على الرابط: https://bit.ly/3w4nV57

8. الإمارات واليابان.. 48 عاماً من العلاقات الثنائية والشراكة الاستراتيجية، (13 يناير 2020)، **وكالة الأنباء الإماراتية**، على الرابط:https://bit.ly/3BGlEjK

9. الإمارات واليابان.. 48 عاماً من العلاقات الثنائية والشراكة الاستراتيجية، (14 يناير 2020). **الوطن** (الإماراتية)، على الرابط:https://bit.ly/3x426Cr

10. إيران والصين توقعان معاهدة تعاون استراتيجي شاملة مدتها 25 عاماً، (27 مارس 2021)، **الحرة**، على الرابط: https://arbne.ws/3fkJatk

11. البســتكي، نصــرة عبدالله، (2004)، **اليابــان والخليـج: اسـتراتيجية العلاقـات والمـشروع النهضــوي**، (بـيروت: المؤسسـة العربيـة للدراسـات والنـشر).

12. اجتـماع يابـاني - أردني - فلسـطيني - إسـرائيـلي لبحـث مبـادرة ممـر السـلام والازدهـار (29 إبريـل 2018)، **جريـدة الغـد (الأردنيـة)**، عـلى الرابـط: https://bit.ly/3lgExEa

13. جاناردهـان، نارايانابـا، (15 إبريـل 2021)، الدبلوماسـية النفطيـة اليابانيـة في الخليـج: فكرة قديمة ومقاربـات جديـدة، **معهـد دول الخليـج العربيـة في واشـنطن**، عـلى الرابـط: https://bit.ly/2UCGikr

14. خامنئـي: ترامـب شخص لا يستحق تبـادل الرسـائل معـه، (13 يونيـو 2019)، **بي بي سي عـربي**، على الرابـط: https://bbc.in/3AHNuvM

15. الدستور اليابـاني 1946، على الرابـط: https://bit.ly/2WjHtWn

16. الزاهـد، مسـعود، (22 أغسـطس 2021)، وزيـر خارجيـة اليابـان في طهران بهـدف تهدئـة التوتـرات في المنطقـة، **العربيـة**، عـلى الرابـط: https://bit.ly/3kiM57x

17. زكريـا، محمـود، (28 أكتوبـر 2020)، القواعـد العسـكرية في جيبـوتي: الواقـع والأسـباب، القاهـرة: **مركـز فـاروس للاستشـارات والدراسـات الاسـتراتيجية**، عـلى الرابـط: https://bit.ly/3rJPdMO

18. السـالمي، عـادل، (23 أغسطس 2021)، أمـن الملاحـة يهيمـن عـلى مباحثـات وزيـر الخارجيـة اليابـاني في طهـران، **الـشرق الأوسـط**، عـلى الرابـط: https://bit.ly/3kiKsqr

19. لمـاذا تعتـزم اليابـان توسـيع قواعدهـا العسـكرية في الخارج؟ (19 أكتوبـر 2016)، **صحيفـة الشـعب اليوميـة أونلايـن (الصينيـة)**، عـلى الرابـط: https://bit.ly/3C1jNX2

20. محمـد بـن راشـد: اليابـان أمـة عظيمـة وقـوة اقتصاديـة عالميـة فرضـت احترامهـا عـلى الجميـع، (3 مايـو 2013)، **البيـان**، عـلى الرابـط:https://bit.ly/371EVy2

21. مذكـرة تعـاون بـين حكومـة المملكـة العربيـة السـعودية وحكومـة اليابـان حول تنفيذ الرؤية السـعودية - اليابانيـة (2030)، (13 يوليـو 2021)، **المركـز الوطنـي للوثائـق والمعلومـات**، عـلى الرابـط:https://bit.ly/3hyxUL9

22. الناتو يخطب ود الصين، (14 يونيو 2021)، **الحقيقة الدولية**، على الرابط: https://bit.ly/3BFpycX

23. اليابــان تخفـف قيــود تصديــر الأسـلحة المفروضـة منــذ 50 عامـاً، (1 إبريـل 2014)، **بي بي سي عـربي**، عـلى الرابــط: https://bbc.in/2WlM6zd

المراجع الأجنبية:

1. Abbas, Faisal J. (2019, July 3). Full transcript of Arab News interview with Japanese Foreign Minister Taro Kono. Arab News. https://bit.ly/3iJvg4T

2. Arab News Japan. (2020, may 11). The Government of Japan provides $2.2m in support of UNICEF Jordan's health, sanitation services. https://bit.ly/3kSHlap

3. China overtakes Japan as world's second-biggest economy Published. (2011. February 14). BBC. https://bbc.in/3y5DFG3

4.   Defense Word. (2017, November 13). Japan's C-2 Transport Aircraft Makes International Debut at Dubai Airshow Defense World. https://bit.ly/3eVGpOW

5. Gourevitch, Peter A., (1996). Squaring the Circle: The Domestic Sources of International Cooperation. International Organization, 50 (2), 349-373.

6. Hamade, Riad. (2018, October 6). Matthew Martin and Archana Narayanan, Saudi Arabia Doubles Down on SoftBank Bet with Extra $45 Billion. Bloomberg. https://bloom.bg/3kURdk2

7. Japan External Trade Organization (JETRO). (2020 February). FY 2019 Survey on Business Conditions of Japanese Affiliated Companies in the Middle East. https://bit.ly/3i2q2lk

8. Japan for Suitability (JFS). (2006, September 10). Japan to Reduce its Dependence on Oil to 40% or less by 2030. https://bit.ly/2TxRjCS

9. Japan in talks to export defense aircraft to UAE. (2017, August 27). NikkeiAsia. https://s.nikkei.com/3ryICVl

10. Japan will be third largest contributor to crude oil refining capacity in Asia from 2018 to 2023. (2019, January 18). GlobalData.   https://bit.ly/2WcMaRz

11. Japan's Abe heading to Middle East to urge calm. (2020, January 10). France 24. https://bit.ly/3eTfkvG

12. JETRO, Saudi-Japan Vision 2030 Business Forum – Introduction of future-oriented cooperation in new fields: https://bit.ly/2VcLdIp

13. JETRO. Japan-UAE (United Arab Emirates) Business Forum" in Abu Dhabi. https://bit.ly/2Ty3CPA

14. Joint Statement on Deepening and Strengthening Strategic Partnership between Japan and the United Arab Emirates. Retrieved August 3 , 2021, from https://bit.ly/3eSQLiw

15. Kane, Frank. (2021, June 6). Vision Fund to back Saudi messaging startup. Arab News. https://bit.ly/3kTzvxq

16. Kell, Tim, (2020, February). Japanese warship departs for Gulf to patrol oil lifeline. Reuters. https://reut.rs/3ir2kjr

17. Kingston, Jeff. (2020, February 3). Japan's warship deployment could push a pacifist country into conflict. The Guardian. https://bit.ly/2SrEEAW

18. Koshino, Yuka. (2020, May 1). Japan's new Space Domain Mission Unit and security in the Indo-Pacific region. IISS. https://bit.ly/2WjzzfF

19. Kumagai, Takeo. (2019, October 23). Japan, Saudi Arabia to renew crude oil storage deal in Okinawa, S&P Global Platts. https://bit.ly/3eQ5zhW

20. Lamont, Christopher. (2020, July 28). Japan's Evolving Ties with the Middle East. Asia's New Pivot. https://bit.ly/37bKo5t

21. Lamont, Christopher. (2020, July 28). Japan's Evolving Ties with The Middle East. https://bit.ly/2W75WxR

22. Lubold, Gordon, Youssef, Nancy A. & Gordon, Michael R. (2021, June 18). U.S. Military to Withdraw Hundreds of Troops, Aircraft, Antimissile Batteries from Middle East. The Wall Street Journal. https://on.wsj.com/36mTR9z

23. Matsuo, Hirofumi. (2016, February 18). Foreign oil companies chomp at the bit to return to Iran. NIKKEIAsia. https://s.nikkei.com/36WSgb9

24. MEHR News Agency. (2021, July 10). Japan seeks to strengthen ties with Iran in new admin. https://bit.ly/3C5qBTr

25. Ministry of Foreign Affairs of Japan. The Japan Arab Dialogue Forum (Overview). https://bit.ly/36YJzgn

26. Nagae, Yuko. (2020, April 30). Japan shippers' skinny fleets miss out on oil storage bonanza. NikkeiAsia. https://s.nikkei.com/3kPmR2o

27. Official Development Assistance (ODA). Ministry of Foreign Affairs of Japan. Retrieved August 1, 2021, from https://bit.ly/3i10tRF

28. Park, June & Ahmad, Ali. (2018, March 1). Risky Business: South Korea's Secret Military Deal With UAE. The Diplomat. https://bit.ly/3xe2jTX

29. Speech by Foreign Minister Kono at the first-ever Japan-Arab Political dialogue. (September 12, 2017). Retrieved August 3, 2021, from https://bit.ly/3x35kGt

30. Speech by Prime Minister Abe "The Best Way Is to Go in the Middle." (2015, January 18). Ministry of Foreign Affairs of Japan. https://bit.ly/3i1c03u

31. Takeuchi, Kosuke. (2019, September 24). Japan to pump $10bn into LNG as move away from Mideast oil. Nikkei Asia. https://s.nikkei.com/2VccE5q

32. The Observatory of Economic Complexity (OEC). What does Japan import from Qatar? Retrieved July 15, 2021, from https://bit.ly/3x42K2P

33. Tokyo bourse owner feels Saudi Aramco IPO plans intact -Jiji. (2019, September 19). Reuters. https://reut.rs/2Wnlhe5

34. Trading Economics. Japan Exports by Country, Retrieved July 20, 2021, from https://bit.ly/3kSCF4h

35. Trading Economics. Japan exports to Iran. Retrieved July 12, 2021, from https://bit.ly/3rzc11L

36. UAE-Japan relations get a big boost. (2020, January 14). Gulf Today. https://bit.ly/3hZO3cO

نبذة عن المؤلف

يعمـل الدكتـور محمـد أبـو غزلـه باحثـاً رئيسـياً بمركـز تريـندز للبحـوث والاستشـارات؛ وكان قـد تعـاون مـع مراكـز دراسـات عربيـة ودوليـة؛ وعمـل أسـتاذاً للعلـوم السياسـية في الأكاديميـة العربيـة بالدنمـارك (2010-2012)، ومدرسـاً بالكليـة المدمجـة في كوالالمبـور (2001-2003)، وهـو باحـث زائـر بمعهـد العلاقـات الدوليـة باليابـان (2001)، ومحـرر بجريـدتي أخبـار الأسـبوع واللـواء في الأردن (1993-1997)؛ وحصـل عـلى زمالـة ساسـاكاو للقيـادات الشـابة (SYLFF) مـن مؤسسـة طوكيـو لدراسـة الدكتـوراه (1998-2002)، ونـال شـهادة تقديـر مـن جامعـة شيانغ مـاي ومؤسسـة طوكيـو (2003)، وجائـزة التكنولوجيـا الماليزيـة (MTCP) عـام (2000). ولـه مؤلفـات؛ منهـا "هيـكل النظام السـياسي الـدولي: نظريـة وتحليـل". ولـه دراسـات وأبحـاث بمجلات علميـة محكَّمـة، ومقـالات في صحـف محليـة ودوليـة؛ ولـه أوراق عمـل قُدمـت بمؤتمـرات محليـة ودوليـة. وألقـى محـاضرات بالعديـد مـن الجامعـات؛ كأكاديميـة الدفـاع الوطنـي اليابانيـة، والجامعـة العالميـة الإسـلامية، والجامعـة الدوليـة باليابـان، وشـارك بمنتديـات وقمـم شـبابية؛ كمنتـدى الطلبـة في بـراغ (2000)، وقمـة البرلمـان الشـبابي في جولـدن كوسـت بأسـتراليا (2001)، ومنتـدى آسـيا باسـفيك في شيانغ مـاي تايلنـد (2003).

حصـل أبوغزلـه عـلى بكالوريـوس العلـوم السياسـية وعلـم النفـس (1992) مـن الجامعـة الأردنيـة، وماجسـتير في العلاقـات الدوليـة مـن الجامعـة نفسـها (1995)، وشـهادة الدكتـوراه في الدراسـات الدوليـة والاسـتراتيجية بجامعـة المالايـا (2003).